U0044954

病例

洪均榮

目録
Contents

序一
這城市的人們都有「病」◎ 洪均榮

關於 Joker

幾天前剛看了瓦昆菲・尼克斯（Joaquin Phoenix）主演的電影《小丑》（Joker），除了讚歎他的演技之外，更多的是開始上社媒關注不同的影評和留言。有些人對於電影中展現的精神病主角表示同情，也有人譴責了社會對於「異類」缺乏包容性、甚至有人把電影當成目前香港抗爭的一種「互文」。

於我，《小丑》最讓我印象深刻的，莫過於它對疾病的深刻隱喻。主角亞瑟（Arthur）患有精神病，這種病使他神經失控，並在非常不適當的公共場合裡發出狂笑。這不僅吸引了許多不友善的目光，各種鄙夷，更甚者，還被一些人霸凌、毆打。因此，我們通過亞瑟看到的不僅是他令人同情的遭遇，更是他周遭環境所衍生出的各類問題。表面看到的是「疾病」，實則看到的是高登（Gotham）城市更深層所埋藏的問題。

城市病

有鑑於此，本詩集《病例》收集了 35 首個案，亦嘗試通過這些「案例」去探索一座城市繁華表徵下的病症。

詩中的人事物都潛在著自己獨特的「病情」，有的已經發病，有的則是箭在弦上，蓄勢待發。透過這些個案去聯繫這座城市的「病」就更加昭然若揭。例如〈新浪潮電影式的詩〉，字面上描述的是一名女生在公園裡行走的過程，過後便坐在凳子上不停地哭泣。這個簡單的描述，其實想要強調城市人內心的無助與孤獨。一名女生在一座這麼大的城市，這麼大的公園找不到一個可以傾訴的人。因此，她只能自己停止哭泣，「拿出包包裡的煙頭，把剩餘的日子都抽掉」。

當然，也有些詩作是直接把城市與個人的遭遇聯繫起來的。例如，〈病例〉展示出三位不同病人的病例，嘗試去探討我們本地遇到的一些問題。病例 B 的病患都還未出世，就已經先被判定有「產生華人性的可能」，因此，必須「打 EL1128 預防針」。EL1128 是 O 水準英語考卷的編號，用以隱喻本地的孩子在未出生前就已經被打入「英語」的預防針。所以是他們沒有放好心思去學習「華文」，還是他們出生之前的大環境間接壓制和消匿了他們可能產生的「華人性」？

由此可見，身為城市的一份子，我們的遭遇、性格其實是與城市發展、政策等息息相關的。從我們的身子上看得到城市的影子，城市也塑造、籠罩、同化了我們。這層相輔相成的密切關係，正是這些詩作想呈現的病例。

平行世界裡的無病呻吟

另一類詩作看似和城市的主題沒有什麼干係，甚至詩作裡的情節、人設都好似發生在平行世界裡。例如〈灰色地帶〉中，「後來飛來了一個多事的救世主／宣誓要解放群眾／用噴色器把漂白劑／澆進漆黑的瞳孔／連天上飛過的無辜烏鴉／也被捉了下來／強制漂成熱愛和平的鴿子」。這段情節看似與現實生活毫無關係，但是若我們把想像力放寬，把救世主當成權力、把漂白劑當成媒體、再把烏鴉當成實事，就不難發現，其實這則故事可以變成當今社會，權力機構為了達到其目的，而利用媒體把事實美化或者淹沒的例子。放眼看看各國的選舉狀況就可以證實這則寓言。

另，〈華山論劍〉表面上是寫了一個人窮極一生去追逐「武林霸主」的頭銜，還參加「華山論劍」的「比武總決賽」，最後卻躲不過九陰白骨爪，「只能，裝瘋賣傻／倒練九陰真經／再假傳武林聖火。」同樣的，若我們把這首詩當成一個人的成長史來解讀，從他皓首窮經地參透武林秘籍（唸書），到比武（出社會工作），到工作上遇到不如意（躲不過九陰白骨爪），都是與詩作的情節形成兩條互相對照的平行線。因此，最後的結局是裝瘋賣傻，殘生。

當然，詩的解讀是開放且多元的，我的解讀也只是一家之言。或許詩文是「虛構」的，但內容卻是實在而現實的。重點是，讀者必須自己進入這個世界找到屬於他們自己的故事和解讀。

病例

結集了這麼多「病例」(與詩)，除了凸顯出城市的「病症」外，同時，也想引起讀者的反思。猶如亞瑟的狂笑，詩集中的想像都是我們城市共通的病症，也因此必須尋覓良方醫治。

亞瑟走上了歇斯底里／反抗的道路。但是這不代表讀者需要做出同樣的選擇。身為讀者，你有這個權力去做出各種解讀，並通過這些病案，找到自己的共鳴與故事，再做抉擇。或許，這城市的人都有病，但這不代表我們都需要帶著這個病症，繼續草草殘生。

序二
城市太極圖——遺忘成招的狙擊手◎汪來昇

一

讀均榮的詩，必須學會「遺忘」，遺忘舒適的環境，遺忘安逸的生活，遺忘一切話語（discourse）所堆砌起來的認知。唯有與他的詩氣「心氣合一」時，方能領略他在平鋪直述中，刻意暗藏在隱蔽遠方的狙擊手，在不及掩耳時狙擊。詩集裡的每首詩都是他瞄準了對像後，一槍斃命的產物。

他開篇便巧妙地以《聖經·創世紀》為引，開宗明義地全盤托出他最為關心的三件事，國族性、民族性和人性。而作為城市長大的孩子，他迫切渴望生活中的「大冒險」，期待那種相忘於江湖的豪情，但卻在煩悶不堪、規律尋常的日子裡打滾，日復日地走在被安排好的坦途上。他著實厭惡那樣的生活。

他對於生活細膩的觀察和感受，時常迫使

他去閱讀、去深入挖掘，帶著好奇心去填補自己無法填滿的求知欲。而寫詩便是他凝結了所思所想後，轉化為實踐力量的藝術行為。

他的詩，在字裡行間都滲透出「江湖味」，有的是裝傻扮瘋、反叛壓迫者的，有的是遊戲人間、戲謔荒謬的，而更有沉澱靜穆、浪子回頭的等。對他而言，人生不是規律順坦的，更何況是詩集——生活是雜亂任意的，思考也是無以名狀的。唯有對於他的思路有了基本的了解後，閱讀他的詩時，才不會感到手足無措，摸不著頭腦。

二

認真地閱讀均榮的詩作，時常會讓讀者交錯在不同的時間和空間裡，就像是電影《星際效應》（Interstellar）中的「五維空間」裡遊蕩，而在眼睛一睜一閉之間，眼前各種景象交替交替再交替。唯獨他佇立在市中心的廣場上，以靜制動地耍著太極劍法，去窺探和隱喻這五花八門、霓虹電光的世界。

緩緩慢慢地，以暗藏的劍式，在敵人身上劃小傷口的作品包括〈夜〉、〈吧台上的對話〉、〈墳場〉等。以〈吧台上的對話〉為例，「用高跟鞋刺死他的心臟／用名牌包包刻進他的腦海裡／用胸罩裹緊他的頸項／然後再把直男的血液／放進乳溝裡痛飲一番」，他放慢了詩的速度，呈現出一系列濃烈的意象群，深度刻畫出城中的「慾念」。這般看似緩慢的溫柔劍，卻一道道都是在不察覺間割人咽喉，要人性命。

當敵人察覺到痛楚想要反擊時，他的劍式又忽然轉快，迅速地刺入要害，正如〈狙擊〉一樣，瞬間就能夠擊倒對方，在這思考周全的數秒內使人斃命。待敵人察覺時，已是「啪！一聲／人體變成了屍體／倒在地上／鮮血沾滿了白色的襯衫」。而使用「白色」作為一種隱喻，說明一種看似潔白的表面下隱藏的齷齪與不堪，在這座城市裡更貼切不過了。〈刺探〉的「白色刀子」、〈發春的文明〉裡「卻被精子洗白了／比精子還要白」、〈如果白雪公主是新加坡人〉裡「衣櫃全是白色的禮服」等，全都充滿了顏色、氣味隱喻的氛圍。

對於流浪在這深深令人迷失與眷戀的江湖裡，「身份」是人重要的認證，更是面對這花花世界重要的依歸，對此，均榮煞費諸多墨筆。其中，有城市認同的作品有〈來（回）〉、〈冷氣房裡的島國〉、〈我的小宇宙〉、〈酒滴的奏樂〉等，而民族認同，特別是探討「華人性」（Chinese-ness）的作品，則有〈吞沒〉、〈身份販賣機〉、〈病例〉等。在此，我認為〈病例〉最具有代表性。作品以三位不同病人的病例，深入淺出、直指人心地探討了語文政策，對於現代家長、學子學習華文的態度表示痛心疾首，以「EL1128」考試代號當作是預防針，打入後則讓孩子再也無法產生「華人性」。

三

看似逍遙放蕩的浪子，均榮其實俠骨柔腸，對於各種不公不義的現象、事件往往都具有強烈的批判，在這個道德標準灰濛蒙「假傳武林聖火令」（〈華山論劍〉）的世道裡，摸索出自己恩怨黑白分明的脈絡。

誠然，他是糾結的——糾結如何自處，糾結幫人，糾結如何與這個世道相處，怎樣才能尋獲使他內心平靜一下來、能夠卸甲耕讀的世外桃源。或許，這是每一位世人都在尋找的烏托邦，更是城市人永恆尋找的悲劇意義。

且不論如何，這座城市已然成為了均榮在詩集裡繪出的太極圖，招招劍劍都是他「遺忘成招」的劍式。最終，他必然再遺忘，再化整為零，走在充滿刺激的旅途。

這篇序避開了詩集定下的主題，而選擇了結合我對他的認知，重新進行剖析。我期待他文學上的成長，期待他下一本詩集，期待他用更精銳綿密的語言，去刺痛每一張虛偽道德的臉孔，並建構起自己相忘於江湖的武林盛世。

2019 年 9 月 30 日，還是這座城市

序三
「第七個隱喻」:《病例》詩集序 ◎ 奚密

《病例》讓我們讀到熱情和思慮。因為有熱情，所以詩人對他所處的世界既關切又不滿。因為勤思考，所以詩人對這個世界提出一次又一次的「症候式閱讀」。

整體而言，這本詩集是對大敘述的後現代式反諷與顛覆。如〈狙擊〉裡的倒數扣扳機，詩人的槍口對准著權威——國家體制、父母師長、資本主義……。整齊的四字詞組暗示權威既陳腔濫調又難以撼動，諸如「奉公守法」、「為民服務」、「報效祖國」、「非法集會」等等。〈神話〉用諧音、對稱、循環構成一個封閉的句型:「神話話神神化化神神話化神」，暗示意識形態的牢籠，具體體現在「體制的長鞭，罰款的恐嚇，美滿幸福的假想」。在新加坡這個什麼都有的國家，詩人卻著眼於無:「我帶著青春、希望、熱誠來／卻什麼也帶不回」(〈來(回)〉)。這不是存在主義意義上的生存虛無感，更不是「為賦新詞強說愁」的矯情，而是在特定的時空語境下的真切感觸。在中西雜糅的「灰色地帶」，在強大的市場經濟和法治民主國家裡，詩人不止一次提出人性、國民性、華人性。

深夜裡，爲人性
國民性
華人性
無聲吶喊的
孩子

詩人反寫魯迅〈狂人日記〉的經典結尾：「救救孩子」，想用孩子純真而無聲的方式來拯救這個世界。在國家機器的運作裡，在這經濟利益的盤算中，在功利主義的心態下，人性、國民性、華人性被扭曲了。如果白雪公主是新加坡人，「她會假裝吃了毒蘋果，然後一輩子不清醒」。

因此，詩人沒有顧城文革後的那份樂觀：「黑夜給了我黑色的眼睛／我卻用它尋找光明」(〈一代人〉)。他看到的是：

那無法透視心靈深處的
全黑眼睛（〈灰色地帶〉）

在他的國度裡，「一切消失在絢麗的虛無中」。「絢麗」和「虛無」並列的詞組顛覆了令人欽羨的「新加坡模式」。但它又何嘗不是今天許多國家和地區的寫照呢？

在語言上，《病例》呈現了多種話語的雜糅。從政治和金融到性別和電影，從西方童話與日本神話到中國武俠小說——詩集裡的詞彙和指涉相當多元，富於互文性和對前輩作品的致敬。文字的神來之筆讓人印象深刻，例如「倒練九陰真經」（〈華山論劍〉），「身為晴天，我很髒」（同名詩），「文明的大便／還是大便」（〈發春的文明〉），五十八個字長的題目只有一個字的內容等。

在她的經典文論裡，蘇珊·桑塔格（Susan Sontag）犀利地批判了西方文明的疾病隱喻。但更根本的問題是，隱喻是否是人類認知、思維、表意的一種基本模式？其實，我們既避免不了疾病，更無法脫離隱喻。詩人用疾病的隱喻介入現實，用藝術的方式抵抗現實：只有當病人知道自己有病才有病癒的可能。《病例》裡的〈七個隱喻〉呈現了隱喻的多層意涵。在明朗和晦澀之間，在社會政治的條條框框之外，我們看到了詩：

只有第七個隱喻
埋藏在詩句裡
不隱也不明
成了詩

2020 年 12 月 30 日，加州戴維斯市

序者簡介：奚密，台大外文系學士，美國南加州大學比較文學博士，現任加州大學戴維斯校區傑出教授及 CLEAR（Chinese Literature: Essays, Articles, Reviews）學術期刊主編，曾任哈佛、哥倫比亞、北京、南京、蘇州、羅馬等大學及中央研究院文哲所訪問學者。研究以古典詩和現代詩為主，出版中英文論文、專書、編譯詩選、散文集多種。

一人一半

有人說
上帝創造人只創造一半
活著是為了找另一半

所以
我們都在找
另一半國民性
另一半華人性
另一半人性

來（回）

在這個不分晝夜的城市裡
我帶著月亮來
帶著月亮回

在這個不分悲喜的城市裡
我帶著煩惱來
帶著煩惱回

在這個不分貧富的城市裡
我帶著債務來
帶著債務回

在這個不分青紅皂白的城市裡
我帶著罪惡來
帶著罪惡回

在這個什麼都有的城市裡
我帶著青春、希望、熱誠來
卻什麼也帶不回

華山論劍

花了上半輩子，學
九陰真經
花了後半輩子，學
九陽神功
受幫主之邀
參加華山論劍
幫主的降龍十八掌
我以萬佛朝宗，頂
旁邊卻擋不住
太極劍、九陰白骨爪

帶著滿身的重傷
最終只能裝瘋賣傻
倒練九陰真經
再假傳武林聖火令

夜

夜，公平地灑在
城市的每一個角落
雨，偏心地洗劫北方
溫柔地撫摸南方
東西方隔岸觀火
讓嗤嗤的譏笑聲
傳入鄰居的耳裡

他們說
城市人真可笑
有了路燈，以為
天不會黑
殊不知，宇宙依然冥暗
還添加了一點恐懼

一口一口咀嚼
我們的理性

等待著停電的那天
人們繼續活在明亮的路燈下
追求光明希望
反正這裡的路燈從不曾失靈

愈照愈烈的燈光
如手術燈
灼傷每對直視的眼睛
墨鏡卻說服眼睛
剖解的合理性

原來，手術床那麼舒服
光線扮演的手術師
輕輕對你微笑

又有誰會發現
深夜裡，為人性
國民性
華人性
無聲吶喊的
孩子

吧台上的對話

——和李邪〈光頭女人的酒話〉

直男在吧台上
對著光頭女郎說
抽煙一點也不性感
光頭一點也不時髦
就好像睡了兩百年的床單
明知會嗆鼻
但還是在嘮叨中睡了它

所以光頭女人拿煙頭
燙入直男的眼眸
用冷凍豬肉打斷他的手臂
用高跟鞋刺殺他的心臟
用名牌包包刻進他的腦海裡
用胸罩裹緊他的頸項

然後再把直男的血液
放進乳溝裡痛飲一番

直男依然在嘴裡念著
不要緊，喝上一缸 tequila
我應該還是征服得了她

Pleasure Sins

Glazed as my tongue
Glistened across familiar knolls and ridge-lines
tasting every bead of sweat and liquid, leaving
me like a glutton, greedy for more

Eyes filled with so much wrath
they surveyed every inch of barren land
Leaving wounds of lust and envy
as evidence of yester-night

Finally the pride has fallen
The slothy arrow
piercing into the endless abyss of nothingness
asking for more
but getting nothing in return

As we remained intertwined
like 女媧 and 伏羲
we succumbed to memories of
sins so sinister, we call them
pleasure

狙擊

嘭！
一聲巨響
狙擊槍射出一粒 7.62mm
Impact in 5s

*

5
還記得幾十年前
我們都是愛國的
國慶日人人高掛國旗
足球隊都是熟悉的面孔
鄰居還會互相問好

4

幾天前參加了朋友的喪禮

發現每個人都忙著

說話

顧白金[1]

唯獨沒人守著那俱屍身

[1] 白金：新加坡民間慣把「奠儀」稱作白金。

3

小時候記得媽媽的囑咐

要聽話，要為社會奉獻

長大後發現

再大的奉獻

也不夠滿足

那些黃膚的假鬼子

2

這城市的人的確很有錢

積金戶口都是六位數

等等

為何死亡證書沒有提取的選擇

1

死後真的可以瞑目？

聽說現在

死人也得

搬家

*

啪！一聲

人體變成了屍體

倒在地上

鮮血沾滿了白色的襯衫

凡人的神話

亡

兩個骷髏頭
蓋在國有的泥土下
緊挨地接吻

口

口腔裡的黑暗
無法防止
蟲物在齒間停息
讓鈣質回歸自然

月

月讀代替妻子天照
下凡應酬
卻忍受不了保食神的噁心
把她殺了時候
回天庭被天照
休了

貝

被貶下凡的須佐
挖起少了牙齒的
兩個骷髏頭
誤以為是貝殼
便串成項鍊
繞著頸項

凡

斬殺八岐大蛇後
迎娶了稻田媛
過著幸福的生活
卻沒發現
繞著頸項的兩個骷髏頭
已經開始
決裂

如果白雪公主是新加坡人

如果白雪公主是新加坡人，她不會等待王子救贖。她會自告奮勇為民除害，報效祖國。

如果白雪公主是新加坡人，小矮人只會有六個。六個是朋友聚會。七個是非法集會。

如果白雪公主是新加坡人，伐木的大叔不會通風報信。他會殺了白雪公主，殺了巫婆，殺了整片樹林，再自建高樓。

如果白雪公主是新加坡人，她不會吃了巫婆的蘋果。她會假裝吃了毒蘋果，然後一輩子不清醒。

如果白雪公主是新加坡人，她的衣裙會是赤紅的，頭上會戴著五顆黃星的皇冠。衣櫃全是純白的禮服。

如果白雪公主是新加坡人，鏡子會對她說：「要聽話，要對社會有貢獻，要當個好公民。」

灰色地帶

他把磨了五千年的墨水
敷在眼睛
試圖統一他世界裡的顏色
這樣就不會再有紛爭和比較
一切回歸到了原點

從此，他閉眼是一片黑
睜眼還是黑
只是黑裡有了輪廓
有了細節
看得到同膚色的小孩在
一棟又一棟顏色一致的
大廈前歌舞
還看得到他們變種後

那無法透視心靈深處的
全黑眼睛

後來飛來一個多事的救世主
宣誓要解放群眾
用噴射器把漂白劑
澆進漆黑的瞳孔
連天上飛過的無辜烏鴉
也被捉下來
強制漂成熱愛和平的鴿子

後來救世主又引進了傳教士
催化洗滌的過程
傳教士只好把手電筒

裝上安全帽
開始在瞳孔前不停地挖掘
好似採礦般
把一車又一車的煤礦挖出來
引領眾生走向光明

眼睛復明後
救世主用聖水
把他洗潔了一番
然後穿上整齊的白服
為逝去的黑世紀弔喪

他感動地流淚了
灰色地帶的世界
原來也是美麗的

表裡不一

撕破你的衣物
用它來擦拭喵皇的糞便
等你走後
才肯開啟陳舊的縫衣機
讓嘈雜的機器聲
迴盪在滿是佳句的屋子裡
任由眼淚滴進齒輪間

燒盡你的照片
讓空氣污染指數增加百分點
瀟灑地離開案發現場
日常生活後的第三天
乖乖地走回去
把僅存的灰跡

放進小小的罐子裡
戴在頸間，像個嬰兒般
輕輕安撫

把你的回憶
注進酒瓶裡
不停地將它灌進
消化系統
希望肝臟可以把訊息傳達到海馬體
讓回憶保留在短暫的幸福
無法轉變成長期的痛恨

我們都想放下
都想過著正常人的生活
卻又無法忘去以往的點滴
直到某天清醒時才發現
原諒來得好慢
好慢

餘溫

蘋果冷凍成冰淇淋
可樂發酵成紅酒
剩飯被釀製成甜品
雞肉降溫成雞蛋

絲襪被熏成奶奶的裹腳布
抽屜被拉成長壽麵線
外套發霉成蘑菇滋養場
衣服被搓成爺爺臉上的皺紋

唯獨你昨晚在沙發上
留下來的
餘溫
是北極的冰箱
也無法褪去的
原味

新浪潮電影式的詩[1]

女生不停地在公園走。短鏡頭看得到公園的種種細節，國父種的果樹並列著小學生精心栽培的樹苗、被流浪者遺棄的長凳與黃色膠帶捆綁著的再生地。

女生不停地在公園裡走。長鏡頭下看得到公園裡的早晨氣息。有位身穿黃色衣服在樓梯上做早操的男人。路燈開始熄滅。偶爾看到紅色的花草，點綴著公園的灰暗，與遠方代表著文明的層層空屋。

[1] 此景取自於蔡明亮的《愛情萬歲》的結尾。蔡明亮深受法國新浪潮電影的影響，因此常常在其影片中拍攝生活的瑣碎，並且喜歡用一些以人物對象為主的「紀實」拍攝法，例如跟拍、搶拍等。

女生來到了無數的長凳上，坐了下來。她開始哭。想起了昨晚不應該愛上的人。想起前世不應該欠的債。想起坐在前方的老人為何到現在還不來安慰她。

鏡頭集中到了女生的臉上。她依然在哭。凳子的上方有一對情侶經過。

女生依然在哭。老人已經離開，到了附近的咖啡館吃早餐、聊是非。

女生依然在哭。哭聲特別犀利，但是無人理會。

女生依然在哭。但是哭聲已經開始收斂。

女生不再哭。她拿出包包裡的煙頭，把剩餘的日子都抽掉。

神話

降頭，下了
人們，信了

羅蘭巴特的神話，情流感般散播
不受感染的，居家隔離

城市裡，滿是想像神話的共同體
染髮，名牌，夜店
幸福是結了離、離了結
周而復始，代代相傳
板橋[1]裡的清醒是一種禁忌

---

[1] 板橋：新加坡板橋醫院（Woodbridge Hospital）。現為「心理衛生醫院」（Institute of Mental Health），專門治療精神病患的醫學單位。

千萬元買下的准證
由國師培養的巫師
青出於藍直至神乎其技
美輪美奐、無與倫比
神話話神神化化神神話化神
日久正常

國師利用
體制的長鞭，罰款的恐嚇，美滿幸福的假想
久之，人們篤信了神話
祈禱，悔過，懺悔後
紛紛募捐香油錢
神廟愈來愈繁華
人們愈來愈相信神話所帶來的幸福
甚至相信——國師就是神

偶然破除降頭的人
翻越了虛謊的藩籬
國師的徬徨
理智地決定給那些人
一記迷幻的耳光
再頒發獎狀

醒者，看著金錢製造的獎狀
問天，問地
是否應該開始相信
那則神話

冷氣房裡的島國[1]

冷氣機是 21 世紀
最偉大的發明
可以讓人們在舒坦的環境下
提高效率

寒氣像隱形的暗器
緩緩地襲擊
人們的理智
基因與荷爾蒙自然地對抗
大腦卻像一部失控的電器

---

[1] 冷氣房裡的島國：此一名詞原見於香港浸會大學教授車志恩．喬治（Cherian George）的學術專著《Air-Conditioned Nation》。指涉新加坡長期在一種舒服與受控的政治環境下生活。

不停地重寫程序
一直 overwrite
直到突變的新基因
接受了體外的寒氣
變成冷霜的冰人

熾熱的太陽底下
只有女傭在辛勤地工作
通貨膨脹換來的貨幣霸權
注定了島國的人民
擁有喚魔邀神的能力
明明冷氣已調到 18 度
還硬責備女傭沒有顧好冷氣機

2050 的某一天
冷天終於變成了冬天
女傭為了逃命離開了島國
而凍結的冰人
還在等待女傭的一杯
熱咖啡

刺探

把白刀刺進你心裡
進行刺探

心臟是真的還是假的
血液是紅的還是藍的
血球是白的還是紅的
刀不知道

過度膨脹的筋脈
操勞過度的穴位
似乎只為了
瀰漫的空虛

把刀拔出來

把傷口縫上去

歡迎下一把刀的刺探

身為晴天，我很髒

身為晴天，我很髒
我用灼心的烈日
侵犯這塊 Virgin Land
迎接各式的侵略者
佔據它
強佔它
然後在土壤立起
貞節牌坊

身為晴天，我很髒
我喜歡偷窺一具又一具
乾屍，嘗試以泳池裡的液體
滋潤乾枯的軀體
畢竟附身於屍首

幹挺的蟒蛇與
枯燥的蛇洞
是無法連體的
所以不能合體
就沒有貞潔問題

身為晴天，我很髒
我喜歡照亮一切暗處
我熱愛光明
我歌頌自然
即便烈日下的屍首逐漸蒸發
也無所謂
只要燈光無法照明之處
一切見不得人的事宜
皆為合法

身為晴天，我很髒
我喜愛製造野火
用盡一切熱情
將綠林燒點燃
看看華麗的華爾茲
催動火焰把生命轉換為
元素週期表的一員
然後兩手拍拍
把它歸類為
自然災害

身為晴天，我很髒
所以我再利用
灼心的烈日

扶持葉綠素生產氧氣
催動生命的誕生
然後登上天庭
得意洋洋地說
好了，我不髒
我只是不干淨

Great Singapore Sale

1. Love

Actual price: priceless

Discounted price: 9K

Special price: Centurion card holders enjoy special discounts

2. Chinese-ness

Actual price: a lifetime of acquiring

Discounted price: scarred childhood of 習字 and 造句 or ability to do business with Great Motherland

Special price: OCBC card holders enjoy immediate acquisition

3. Patriotism

Actual price: lifetime honour

Discounted price: a few million, depending on usefulness

Special price: DBS card holders enjoy 2 years complimentary membership to National Service

病例

病例 A

人名：王小明

性別：男

歲數：23

病例：對人性過敏，身體生瘡

治療：打麻痺針，讓病人對人性麻木

病例 B

人名：陳明

性別：女

歲數：0

病例：無。但有產生華人性的可能性

治療：打 EL1128[1] 預防針，以避免華人性入侵

病例 C

人名：Joel

性別：男／女

歲數：40

病例：國族性的消失

治療：心理輔導——強迫閱讀愛國書籍，限制只能穿紅／白色的衣物

---

[1] EL1128：EL 指 English Language（英文），1128 為新加坡中學英文劍橋畢業會考的試卷代號。

塑膠瓶

被人踩過
被人親過
被人用過
被人棄過
被人，回收過

被灌得滿腹的液體
卻沒有，能濺濕瓶口的淚水

抽乾每滴液體
才被民主地
拋棄，再回收
再循環

發春的文明

文明像只發春的野貓
不停地模仿著
嬰兒的呻吟
耐心等待
原野的受精

被彩票蒙蔽的瞳孔
說服腦神經
合理化受精的過程
這是一個自然到
不可以再自然的過程
文明不是神颱上的祭祀
不能用香爐祭拜
也不能砍豬燒鴨獻神

只能任由
資本灌溉的精子
肆意輕撫
文明只能張開屁洞
等待精英分子的
配種

後來，精子
甚至開始催眠文明
想把它詢喚成一隻狸貓
不停地餵牠吃咖啡豆
想將貓屎咖啡
賣至世界各地

可笑的是
文明的大便
還是大便
又臭，又畸形，又齷齪
消費者的腦子
卻被精子洗白了
寧可相信
廣告牌上的妓女與男鴨
也不願相信
貓屎咖啡並不是貓屎咖啡
只是一團
屎

精子還是精子？
文明還是文明？
問題還是太複雜
還是聽從原始的春意
等待溫暖的
施暴

在未來詞窮的時代，當父母發現孩子不再積極學習的時候應做出的反應——參考了諸多科學家與調查總結的成果，並由國家領導推薦的最佳方針

無

超現實主義

我帶著 10 塊的愛情來到遊戲廳，到了櫃檯前贖回我的 10 枚遊戲硬幣。抱著我的硬幣，我來到了街頭霸王的遊戲機面前投入一枚，享受著音樂的轉變，順便幻想著你的投入。

遊戲開始了。遊戲桿左右移動，我的人物在你的 2D 世界裡周旋。遊戲桿上下移動，我按下 A 鍵，看著人物在你面前像猴子般跳來跳去。我甚至按下 B 和 C 鍵在你面前揮動手腳，試探你的反應。

轉眼間，你的人物給了我兩拳，把我拋向藍天，然後飛到天上，用佛山無影腳踢死我。KO 瞬間在銀幕上出現。

我有些許興奮，因為拳打腳踢也是一種愛情。但是轉頭看向右邊才發現你不在，這只是 AI 的程序。

我只好拿起剩下的 9 枚硬幣，一個一個放進遊戲機。

吞沒

吞下一口長江水
說服自己的認同
經濟，利益，未來的
種種趨勢下，選擇性地
消化紅色的旗子與
閃耀的五顆黃星
出口的語言，卻是
地道的 Singlish [1]

[1] Singlish：「新加坡式英語」，以英語為主，但糅雜了本地華語方言、馬來語、淡米爾語等。

吞下一口殺蟲劑
剷除一切害蟲
是非與否，格殺勿論！
剩下的，只有
盲目遵循指示的
病菌

吞下一口洗碗精
清洗體內的五臟六腑
像盤子一樣一洗再洗
直至過了有效日期
再購買一個新的

吞下一口催化劑
讓體內的程序
不受控制地加速
即便操勞，即便虛脫
也為了自由通行的護照
妓女版的身份證
繼續超速

吞下一口漂白劑
再加上一口河畔
洗衣機似地清洗
不停地口吐白沫
直至所有衣物都漂白
為止

墳場

墳場瀰漫著屍體的香氣
參雜著淡淡的汗酸
徘徊於石碑與屍體之間

有人說，香味是獨特的
偏偏擁擠的土地
不允許死人有隱私
他有你的香港腳
你有他的體臭
臭趣相同

忽然襲來一陣燃油味
侵蝕了墳場的死靜
昆蟲們紛紛議論起來

蟑螂說那是廉價石油的味道
蜈蚣卻說那是戰鬥機
劃過天空殘留的餘味
不遠處的鏟泥機
開始活動起來
掩蓋了昆蟲的討論

屍體們猛然撐開
昂貴的腐爛木盒
看到的卻是無盡的冥暗
他們也開始爭論起來
咒罵 R.I.P. 的謊言
杜絕安息的碑文

什麼 XX 之母、XX 之夫
全都是騙人的
真要搬家也沒人通知
沒人搭理
只有每年四月
為了盡孝
偶爾上柱香、燒些紙
幸好陰間沒有通貨膨脹

你不錯啦
像我啊，被燒成灰
任由名牌鞋摧殘
我連家也沒有

祭品不願放棄
利用誘人的軀體呼救
惹來的，只有
野貓野狗嗜食
雜在石碑上的花草
專業地扮演
旁觀者

屍體放棄了
怎麼也敵不過權力
想瞑目
卻發現沒有眼珠
只有骷顱間
無盡的黑暗

酒滴的奏樂

浸泡在藥水里的屍體
金魚似的肥腫起來
紅潤的肌膚
證明了生活的跡象
求救的眼神卻
只能對泡在水里的嘴巴
發出信號
S.O.S 的物語
沉浸在無盡的液體中

有人說，這種液物像酒
泡得愈久
愈香，愈順
當然，品嚐的權利留給
印有小紅書紋身的白人

從瞳孔逐漸流逝的生命
血液混雜了魚尾獅的口水
隨著水籠頭
一滴一滴地提煉成酒

場長欣賞著過程
他喜歡聆聽水滴的聲音
既有貝多芬第九交響曲的瘋烈
又有 Nella Fantasia 的平靜

偶爾有人清醒了
擾亂了這片平景
頓時，四方八面的廠工
立即把危機和諧
遠處又聽到

國酒提煉時的
奏樂

Replaceable Citizens

For every screw made,
for every allen key used, and
for every hard cold stainless steel produced

Assembled into a citizen
Made in China
Spare parts each sold separately

我的小宇宙

我家住在 25 樓
我閱讀課本的第 25 章
我等待 SQ25 從組屋樓頂飛過
我享受空調調製的 25 度室溫
我耐心聆聽 Adele 的專輯 25

我從來不在乎上帝是否住在第 25 樓
因為我知道，上帝其實並不存在
我已經把他醃製後
用防腐劑完好地保存起來
用愛把他裝入速食罐頭內
想把它賣給樓下的鄰居

只可惜我的鄰居只吃咖哩飯

初戀的感覺

我斷手斷腳地到超市，尋找一場瞬間蒸發的初戀。

超級市場的冷凍格里有九百七千萬隻微生物在向我拋媚眼，像魚缸裡無數個並列的肉體，利用打折的標籤、光彩的設計和朦朧的燈光打粉、上色、畫眉，把食品晉升為貴品。我的腳邁出了一步，手指頭自然地抓起了眼前這只密封的死魚，一絲一絲地把密封打開，輕輕地把薄而透明的保鮮紙裹住我的臉，割斷自由而透明的呼吸。

閉上眼，我才發現黏滑的鱗片已慢慢失去彩虹的光澤。

給未來的肢體

腳趾對手指說，別再
與鍵盤性交。真噁心。要你管，
你又不是我媽。腳趾氣起來，
開始嘮叨起來。我每天
走這麼長的路，受那麼多的苦，
為了什麼？為了什麼？受不了
嘮叨，手指停止了性行為。轉而
侵犯手機。忍不了兩人的爭吵
肚腩升了出來。從此，腳趾走
他的路，手指玩他的機器。遭殃的
卻是血管與脊椎。本來正常的運作，
現在卻有幾百塊買回來的藥丸
來跟他們搶功勞。氣人，真氣人。

於是血管與脊椎與肚腩吵了起來。
這次輪到聲帶遭殃……

唯有腦袋，沒人用卻依然收縮

身份販賣機

——仿陳黎〈為懷舊的虛無主義者而設的販賣機〉

* 請選擇按鈕 *

老　婆 I	● 越南	● 緬甸	● 新加坡
祖　籍 I	● 新加坡	● 中國	● 金錢
婚　姻 I	● 加 5C	● 加貸款	● 加所得稅
華人性 I	● 普通話	● 中華民族	● 傳統
童　年 I	● iPad	● 補習	● 成績
國民性 I	● 普天同慶	● NE	● 詢喚

* 恕機器無法找回任何零錢 *

筆墨

筆墨羞澀地藏在原子筆裡
搖了一下下
燒了一下下
敲了一下下
勉強地寫了幾個字
又躲在原子筆裡

看來
我們的文跡
由不得我們來記錄
不是不想
是不能

七個隱喻

第一個隱喻對第二個隱喻說
我們這樣隱到什麼時候
第三個隱喻都變成明喻了
是啊，所以他被抓走了
那第四個隱喻哪？那個變成暗喻的
哦，那個進瘋人院了
第五跟第六個隱喻？
那對恩愛的情侶
因為違反亞洲價值觀，被驅逐
只有第七個隱喻
埋藏在詩句裡
不隱也不明
成了詩

國度

把你的皮剝下
吸乾你的血
售賣你的五臟
打碎你的筋骨
讓一切消失在絢麗虛無中

再披上你光滑的皮膚
營造奉公守法的國度

Parallel Worlds: After 劉以鬯《對倒》

The man woke up.	She took a cigarette and smoked her life away.
He zombie walked over to the toilet.	She cried. Emptily. Inconsolable.
He looked into the mirror.	She finally sat on the bed.
The person looked haggard.	She took off the final layer of foundation.
He brushed his teeth methodically.	She smiled into the mirror. Satisfied.
He shaved off his facial hair.	She took off her accessories.
He wore his shirt, put on his pants.	She walked to the mirror.
He left for his date.	She thought about the family they would have.
He saw the radiant lady at the theatre.	She thought about their future.
He put up his best fake smile.	She saw him leave in the bus.
He bought the tickets.	She felt important.
He went in and sat beside her.	The woman was escorted home.
When the movie reached the climax.	The movie ended.

The man turned to his right. The woman turned to her left. They locked eyes. They kissed.

The movie ended.	When the movie reached the climax.
The man sent the woman home.	She went in and sat beside him.
He took a bus home.	She waited for the tickets to be bought.
He looked at the endless couples.	She put up her best attitude.
He looked at the passing rain.	She saw the man at the theatre.
He thought about the future.	She left for her date.
He walked home from the bus stop.	She was satisfied with her demeanour.
He took off his shirt and pants.	She applied perfume.
He looked at the mirror.	She brushed her face with a blusher.
He laughed at the man.	The person looks fake. But happy.
He cried. Painfully. Hugging his head.	She looked into the mirror.
He took out a cigarette.	The woman skipped into the toilet.
And smoked the rest of his life away.	The woman woke up.

跋
順著樹影離開◎蔡深江

均榮的憨厚全在詩中，全心全意端著，定神看著夕陽落海，用內斂鋪墊、用江湖鑄字，穩住了氣流。讀詩，於是有了山雨欲來的氣定神閒。

讀詩的樂趣，全是山林奔跑的來回意象，明明掉以輕心了，复而事在人為。詩不算多，鋪陳開來，足以飽滿胸臆。

「有了路燈，以為／天不會黑」（見〈夜〉）。轉角精巧，有路過的驚喜，才氣不張揚，凝聚成事，詩該怎樣就怎樣了，一切好辦。那也是多美的誤會，有了掌聲，天地就理所當然起來。

讀著均榮的詩，林耀德的《銀碗盛雪》猛然跳了出來，霸氣攔道。我不認為是他遺留的詩風糾結蔓延，更不是詩斧鑿痕，藤索著牽絆。兩人的文字與風格互異，卻有一種韻味遠遠呼應著。我不必問均榮是不是喜歡林耀德；那不重要。想起林耀德，可能就是均榮在詩句之間的粗曠和牽引，讓我迷失在山林倥傯的氣韻裡，依戀著一些想像。是的，是美好的記憶與飛翔。

年輕真好，年輕寫詩多了正義。那是漸漸會失去的熟悉，宇宙那樣遙遠卻記住了彼此，到後來明明一張臉龐準確浮現了始終想不起是誰，正義就是那聲嘆息。用《七個隱喻》成詩，亮出厲害的含蓄，有種透視和得意，每一次的嘆息，幻化出不同的氣度。

詩集充滿企圖，是年少出手必要的架勢，挑釁著諸多成見。我在石塊之間飛快跳躍，避開了落水的遲疑。

均榮認真寫詩，我不確定寫詩跟認真之間是否有關係。但認真是好的，讓人放心，也讓詩有了存心去一趟旅行的決心。不過認真，對詩來說，見外了，但均榮放膽，也夠了。

2019 年 10 月 29 日，在路上

鳴謝本書贊助機構
關於新文站

新文站（Sing Lit Station）創立於2016年7月，是一家位於新加坡的非營利機構。新文站目前註冊為慈善機構（registered charity）與公益機構（Institution of a Public Character ，簡稱「IPC」)。本機構以培養本地的文學群體為核心宗旨，並通過各項活動與計劃，成為促進讀者與作者交流的聚集地。

新文站竭力支持作家在創作與專業領域的發展。此外，本機構也積極提供機會，讓作家構思與實驗新想法，並挑戰他們去探索各種藝術發展的可能性。本機構堅信能通過推廣新加坡、東南亞與亞太地區的藝術創作與出版計劃，達到百花齊放、眾生喧嘩的氛圍，並認為創作者應獲得合理的報酬。

新文站的旗艦活動包括：校園工作坊「Book A Writer」、創作平台「SingPoWriMo」、以及一年一度的創作營「Manuscript Bootcamp」、主編「Ten Year Series」系列的出版，以及主辦區域的詩歌獎「Hawker Prize for Southeast Asian Poetry」。

2020年，本機構也創辦了「HALP Fund」文藝補助金。通過本機構評估選定的創作計劃，不論媒介或呈現方式，都可獲得一筆基本的補助金，加以補助所需。欲知更多詳情，請瀏覽 singlitstation.com 或訂閱我們的社媒 @singlitstation。

新加坡國家圖書館出版品預行編目（CIP）資料

National Library Board, Singapore Cataloguing in Publication Data

Name(s): 洪均荣 .
Title: 病例 / 作者 洪均荣 .
Other title(s): 文学岛语 ; 003.
Description: Singapore : 新文潮出版社 , 2021. | Text written in traditional Chinese scripts.
Identifier(s): OCN 1240188578 | ISBN 978-981-14-8894-8 (paperback)
Subject(s): LCSH: Singaporean poetry (Chinese)--21st century. | Chinese poetry--21st century.
Classification: DDC S895.11--dc23

文學島語 003

病例

作　　者　洪均榮（空．龍貓）
總　　編　汪來昇
責任編輯　陳文慧
美術編輯　陳文慧
校　　對　洪均榮　汪來昇
出　　版　新文潮出版社私人有限公司
　　　　　TrendLit Publishing Private Limited (Singapore)
電　　郵　contact@trendlitstore.com

中港台發行　秀威資訊科技股份有限公司
地　　址　台北市內湖區瑞光路 76 巷 65 號 1 樓
電　　話　+886-2-2796-3638
傳　　真　+886-2-2796-1377
網　　址　https://www.showwe.com.tw

新馬發行　新文潮出版社私人有限公司
地　　址　71 Geylang Lorong 23, WPS618 (Level 6),
　　　　　Singapore 388386
電　　話　+65-8896-1946
網　　址　https://www.trendlitstore.com

出版日期　2021 年 6 月
定　　價　SGD18 ／ NTD250

建議分類　現代詩、新加坡文學、當代文學

Copyright © 2021 Ang Jin Yong（洪均榮）
All Rights Reserved. Printed in Taiwan.

版權所有 · 翻印必究

購買時，如本書如有破損、缺頁或裝訂錯誤，可寄回本社更換。未經書面向出版社獲取同意者，嚴禁通過任何方式重製、傳播本著作物之一切內容，包括電子方式、實體方式、錄音、翻印，或透過任何資訊檔案上下載等。